踱步

张泽慧 著

中国戏剧出版社
CHINA THEATRE PRESS

图书在版编目（CIP）数据

踱步 / 张泽慧著 . -- 北京 : 中国戏剧出版社，
2022.10
ISBN 978-7-104-05292-0

Ⅰ.①踱… Ⅱ.①张… Ⅲ.①诗集－中国－当代
Ⅳ.①I227

中国版本图书馆 CIP 数据核字（2022）第 205872 号

踱步

责任编辑： 赵宇欣
责任印制： 冯志强

出版发行：	中国戏剧出版社
出 版 人：	樊国宾
社　　址：	北京市西城区天宁寺前街 2 号国家音乐产业基地 L 座
邮　　编：	100055
网　　址：	www.theatrebook.cn
电　　话：	010-63385980（总编室）　　010-63381560（发行部）
传　　真：	010-63381560

读者服务：010-63381560
邮购地址：北京市西城区天宁寺前街 2 号国家音乐产业基地 L 座

印　　刷：	三河市龙大印装有限公司
开　　本：	880mm×1230mm　1/32
印　　张：	4.75
字　　数：	106 千字
版　　次：	2022 年 10 月　北京第 1 版第 1 次印刷
书　　号：	ISBN 978-7-104-05292-0
定　　价：	58.00 元

版权专有，违者必究；如有质量问题，请与出版社联系调换。

2021

05月30日 · 梅 雨	001
05月31日 · 春	003
06月01日 · 让自然夺走	005
06月05日 · 一株冷杉	007
06月09日 · 一棵截断的树	009
06月14日 · 柏油路上的春天	011
06月17日 · 开着纯白色的花朵	013
06月23日 · 她看我像看飘在雨中的白绫	015
06月27日 · 她还未陨落	017
06月29日 · 我潜藏于万物的腹部	019
07月04日 · 混沌与通灵者	021
07月11日 · 树木拥有一个胎儿	023
07月18日 · 一个在雨夜被谋杀的小姐	025
07月20日 · 此 刻	027
07月26日 · 最后，最后	029
07月31日 · 丰收与不丰收的季节	031
08月07日 · 一切的开端或结束	033
08月11日 · 一些预言	036
08月17日 · 被剖开的艺术	039
08月23日 · 我们终将相见	042
08月28日 · 生命这片沼泽	044
09月05日 · 朝 圣	046
09月12日 · 那个下午	048
09月18日 · 我的存在不会影响一朵花	051
09月25日 · 问，然后不回答	054
10月01日 · 镜 中	056
10月02日 · 美与暴烈	059
10月09日 · 疑 问	062
10月13日 · 纯粹的声音	065
10月16日 · 火 灾	068
10月23日 · 燃烧的海	071
10月24日 · 你将永远拥有	073
10月28日 · 秋 日	075
11月02日 · 空	077
11月07日 · 刺	080
11月08日 · 书 写	082
11月11日 · 静默被写在一场雪里	085

11月17日·来迟的信	087
11月23日·光一样的停顿	089
11月25日·走去一座山	091
12月03日·双　重	093
12月18日·一次渴望已久的飞行	096
12月25日·一篇没有时间的日记	099
12月31日·敬献，我未谋面的朋友	101

2022

01月09日·草　原	103
01月20日·神与使徒	105
01月22日·流　动	107
01月25日·我们何时会面	109
01月30日·麦田里的一柄小刀	111
02月09日·记录者	113
02月14日·记一次梦	115
02月22日·圣　子	117
02月26日·伤痛与生灵	119
03月04日·冬　葬	121
03月05日·短暂的遗忘	123
03月10日·野兽与树木	125
03月13日·洛丽塔	127
03月15日·焚毁日	129
03月17日·无法告别的告别信	131
03月30日·女孩呀	133
04月15日·永久的沉默与愧疚	135
05月01日·黑土地与黄色河	137
05月22日·如果这让你快乐	139
06月05日·白色的野牛	141
06月20日·心	143
07月08日·爱人的语言	145
07月22日·果　核	147

2021
05月30日

梅 雨

我皮肉里雕刻着一首诗

爱人要用三根肋骨来换

我那江南一样梅雨的真心

头颅抛入欲望的篝火,大地

陷入沉默的抽泣

那是对羔羊的哭嚎

我奔走

故园将我抛弃

趁着时间的斧头还未落下

我奔走

我拒绝停下

我是被理想奴役的一匹马

绳索缠绕我脖颈

但

不见青紫的勒痕

听觉被剥夺

爱人的絮语,是

俄耳甫斯回头的那一句

那一句

我为浪漫献出自由

我血浓于水的宿命

宇宙的手

不被遮掩的脉络

生命轻易地点燃了

2021
05月31日

春

那一刻呼吸

介入春天的生命

那些带有腐烂气息的

新生

电影间歇 闪烁而又

尖锐的翅膀

跳动 铺满黄沙的书页

渺小而又庞大的存在

诗人拿起笔

描写 从未观察过的

春天

三月 生的气息厚重得

让人想起死亡

被永远留在寒风的尸体

快乐得仿佛还有一丝生机

微小的雏菊在骸骨的裂缝里开花

春之葬礼

温暖如今日的春天啊

骨子里带有欺骗的血液

2021
06月01日

让自然夺走

每一次破晓的清晨

看见梦境破碎的一角

山峦中藏着一处

幻觉的焚烧场

流水线一样行走的胚胎

那是我生命的来源

它们是我的食物

脆弱而娇美的灵魂

以此存活于今天

每一次吞食

青紫的血肉模糊着占有

我的一部分

我离生命的结束更近

离想象更近

离万物的子宫更近

我回归出生

循环

我变成流水线的一部分

宇宙的镰刀重新向人类敞开

我们在自然的屠杀下

摧毁人造的城市

沉默都有了缘由

我们不再拥有

我们失去

我们融化,变成世界的一分子

2021
06月05日

一株冷杉

我们在沉默中,回归
一片贫瘠的土地
故园正升起新的硝烟
迷雾中笼罩着
张不开口的
正是你我
抬起,抬起瞎掉的一只眼
聆听
远方传来的一阵乐声
被远方的人们占有,填满
变成过去的一部分
我被细小琐碎的生活
剥夺当下的权利
俯身在时间的镰刀下
死神轻轻地接近,又悄悄地远去
双脚站在赤裸的大地

从未如此轻易地

飘浮着

体内藏着的那一片海浪

找准时机沸腾

蠢蠢欲动的

是它想接近的自然

但如何接近自然呢?

生命是不被承认的

我们唯有

亡者遗留在窗边的

一株细高的冷杉

它挥一挥手

回忆的枷锁就收紧了

2021
06 月 09 日

一棵截断的树

睁开眼

阳光在水面泛起的革命

水中渺小的蜉蝣,它们

比我自由

闭上眼

海浪涌起的那一瞬间

召回

昨晚遗失的梦

烟雾中弥漫的摇滚乐

九〇年代小酒馆,手边

博尔赫斯低低的帽檐

酒杯中沉底的找寻已久的

一小枚硬币

将回忆塑封吧

撕碎

吞食

杀死汝爱

那些曾喷涌而出的

辉煌过往的斩首

血液昭示

它终于变成我

它终于变成我

变成我颤颤巍巍的手臂

干涸地生长着

手指看见树的纹理

每个梦境都有个结尾

时间腐烂掉落的牙齿

半截斩断的身躯

横截面有一圈圈的年轮

留住,留住,留住

2021
06月14日

柏油路上的春天

睡梦中的雨淋湿

思绪升腾江南一般的雾气

飘、飘

飘走了

什么萌芽着,我想

时间奔走向前

我看见

渺小如枯叶的女孩变成

时代的车轮

颧骨中生长出一整个城市

浓烈的柏油般的泪水

悄悄地滑过

存在的证明轻易地消逝了

徒留的半块身躯

挂在某一块玻璃上

狭小骨缝中残存的血肉

颤抖着如生命的花朵

路过的孩子笑着说:

"看啊,看啊,春天"

我被这样的春天抓住

那样纤细的手指放不开我

什么萌芽着,我想

又一次,又一次

婴儿的啼哭

子宫着床的胚胎

这样的生命为你

为我

为千千万万

留不下一块完整的柏油

2021
06月17日

开着纯白色的花朵

我的爱人
生于雪地一场燃烧的春天
出生时脖颈缠绕着的脐带
紧得要火烤才能脱掉
我睁眼时
她正梦见一片海
一艘无故漂荡的船
帆顶滚烫融化的太阳
要将我烧掉
而今她走了
船帆再无用处
缠绵的呼吸曾是
我的双桨
再梦吧
梦中有远方的一双手
手指是葱绿的树根

手掌上

树干中

上挑的一只眼

那只眼盛满

牦牛的血液

发梢摆动枝丫

我抓紧手中的白带子

她仰头

撕扯

她安静着

纯白色的花朵静悄悄地离开了

那脖颈中

那一条脐带

2021
06月23日

她看我像看飘在雨中的白绫

遍布虚拟的片刻

窗外的一场雨

雨中藏匿着我的一扇窗

眼睑上

郁郁葱葱的绿

交织

缠绕着生长

形成海螺背上的一次次循环

我拥有一整个身体

我失去一些片刻

远,远

指缝中淅淅沥沥的痛

痛

它静悄悄的哭声

一棵树的灵魂

它升腾

在最充盈的夜晚

死于谁窗前的

一场蓬勃的雨

时间有一个枯萎的子宫

存储我残存的、断裂的声音

我不再拥有死亡的威胁

我甚至不再拥有死亡

幻觉的经络被扯断

震颤，我发现

那样被我揉碎

葬在皮肉里，短暂存在过的

一双细长的眼睛

她看我像看飘在雨中的白绫

她看我像看飘在雨中的白绫

2021
06月27日

她还未陨落

她还未陨落

我先听见破碎的声音

坠,下坠

残存的所有变作我

诗中的注脚

以一种近乎牺牲的方式呈现

什么生

什么死

我们正走过幻觉

肋骨此刻

是大风天的一把伞

外翻的模样抚摸

雨点

来自我还未氧化的血液

血液中她有一张脸

怀抱中仅存的温热

我幻觉的胚胎

她孕育着

脐带缠绕

紧紧缚住她桃花

一样的腹部

从中穿出的一双

还未成形的手

我站在高楼

死亡与新生于此刻

相遇了

幻觉坠地

我听见破碎的声音

而她还未陨落

2021
06月29日

我潜藏于万物的腹部

我诞生于海底巨物的残骸

思绪是温床赖以生存的回声

重物击打过后的震颤

我被唤醒时

双手握住如子宫般

温暖的触角

口中遗留下的血管

海的潮汐在睡梦中托住我

我

我在沙漏中复原

睫毛的翕动

需要解码回复的

蜻蜓微小的瞳孔看向我

手指被又一次冲向岸

将我囚禁住的躯壳

背上的螺旋

以人造的方式机械转动着

我被远古无数诗篇诅咒过

海浪的推动与翻涌

向前

或向后

它们

如时间一样长寿的动物

眼睛会变成潮汐的声波

是最接近神的存在

死亡被它们吐出的海水静止

生命由此穿梭而过

它们以幻想为食

听得见的是远方传来的歌声

它的腹部孕育一个我

2021
07月04日

混沌与通灵者

我梦见血液弥漫的河

时间如夜色一样浓厚着

船

鲸鱼骸骨制成的船

一艘不会漂荡的船

她等待着我

一个长着乌鸦头骨的女人

她有从不睁开的第三只眼睛

无穷的生命与死亡

这样的眼睛承载着

河流汇聚成

宇宙被撕开的咽喉

抽干的手臂

褶皱的皮肤下，看得见

杂草丛生的血管

她的手掌伸向我

我不拥有拒绝的权利

腾空时

我看见她额头缓缓睁开的一只眼

她拥有我

也拥有天空

生命的迷宫变作

一个被高高挂起的太阳

太阳

原来是被人类绑架的黎明

光影与树木在我们脚下交合

她们的孩子变成一个拥有绿色眼睛的

混沌的灵魂

"这一切如此简单"

她说

"哪里才是出口"

我问

她不回答我

她拥有我

我拥有一只不会回答的绿眼睛

2021
07月11日

树木拥有一个胎儿

几日接连都多雨

被唤醒的干裂的皮肤

树干中沉睡的胎儿

柔软的躯体

我攀爬，握住

它弯曲的脐带

撕扯开

雨水浸润一颗跳动的心

枝丫从我的眼球

穿过我的后颈

松叶蚕食我

剩余的半边大脑

我失去行动

我腾空

好像拥有一双翅膀

关节开始缩小

颅骨

被暴力地挤压

身体呈现一种不自然的

羸弱

瞳孔向内生长，拥有

蛇一样的黑色

我开始看见光的灵魂

树叶在时间里混沌地呼吸

出乎我意料的

第一个被收回的是视觉

而非语言的权利

然后是触觉

然后是生命

我仅凭潮湿的声音

而判断树干的肋骨

我被关上的一扇门

骨骼上的痕迹被抹去了

自然的子宫

我等待着，一场

雨

2021
07月18日

一个在雨夜被谋杀的小姐

她拥有一条淡蓝色的脊骨
微微突出的一角
透过水珠折射在苍白的
皮肤
她的心脏向上打开
右心房中颤颤巍巍的
血管,已经泛青的肌肉
我握住她的手
我看见眼睑下转动的眼球
还有仅剩的一口气
她张开嘴,血液
从她的嘴角喷涌而出
我低下头,帽檐遮住一些雨
贴近的片刻
仿佛远方传来的声音
"雨,雨偷走我的灵魂"

摇摇欲坠
她的眼睛抓住我
轰鸣，无限放大的瞳孔
边缘散开脊骨一样的蓝
时间在某一刻被停止
然后被加速
雨点撞击地面的刹那
淡蓝色的脊骨开始向上走
从腹腔，穿过被剖开的心脏
一步步脱离所有
到消失在夹杂雨滴的一阵风
思绪像泡沫一样破碎了
我听见万物吞吐的呼吸
我听见生命停止的片刻
我听见击打脊背的雨
心脏被穿透的刹那，我看见
一朵淡蓝色的鸢尾花

2021
07月20日

此　刻

我无法沉默，正如

我无法开口

此刻

语言不比我轻

树的叶子席卷变成一阵

风

风和大地交换一个燃烧的太阳

不远处

王朝的覆灭

女人

玫瑰花一样地哭喊

火光翻涌的刹那

城市

轻而易举地崩塌

我甚至听不见声响

热，热浪

抚摸我的一只眼
如同光一样发散着的
手臂
我拥抱
我睁开我的另一只眼
往回走,所有
凝固
还未焦黑的土地
逆风飘散的麦田
正倒退的一辆车
此刻
人类悲剧式的命运
不比
天边划过的一只鸟
正如我,再轻
轻不过语言

2021
07月26日

最后,最后

雨的启示录

人类文明的残渣

砸在

我坚硬的驼峰

时间翻起梦境,变成

烟灰

散落的一角

大地呈现最原始的样貌

一头巨大的鲸鱼

游离在海浪的下方

长着锋利的一身雪白色

她手持一只牛角

手术般精准地

开始解剖

先是地表

然后是三月燃烧的太阳

最后是我

是我冻僵的身体

和岩浆一样滚烫的双手

海洋在我头顶上方翻腾

我看见生命划过

时的波澜

我，你我，所有

存在于这样的波澜

挣脱不开

被四季囚禁

让我们

平躺在大地温暖的卵巢

被遗忘的前世

像海水一样灌入脑子

我们梦见一次冲洗

我们梦见一阵风

我们在等待中变作雾气升腾的一场雨

2021
07月31日

丰收与不丰收的季节

我的胸腔里有一整个台风天

腹部却

微微颤抖着

等待

如果你靠近我

会看到暗藏的

一只高飞的鸽子

一切庞大的事物变作

风,或者一次夜幕

我被婴儿沉睡的

密码式的平和笼罩着

再一次挥手

然后我谢幕

我们围坐在亡灵身边

歌祝

或至少祈祷

它们去往时间的边界

尽头

都是美好的

你闭上眼

看见受到挤压而产生的幻觉

像不被祝福的一只异教公牛

蹄子上挂着

还没剪断的脐带

你被无意义的舞步震撼了

上帝在

愚弄你,正如

此刻它对待一只公牛

人类拥有又一个丰收的时节

镰刀上的麦子

变成生命

然而我

我的身体被时代的车轮碾轧

我的头颅被放在诗人墓中的祭坛

我的灵魂被爱人的指甲浅浅地割去

此刻我

真正富有

2021
08月07日

一切的开端或结束

一次被欲望掩盖的哭泣
纸页摁压的边缘
指甲上
叶片淅淅沥沥的绿
我是由这些所组成的
或它们是由我组成的

秋天剖开我
因它而产生的分枝
如迷宫一样的灌木
包裹着
我的灵魂
那被仇恨消磨
却被
爱与平静催促生长

请不要空手而来

穿过人群时

记得捡起一枝

被历史尘封的荆棘

我会将

胸腔中闪闪发亮的一对羊角

作为回赠

生命是

人类的一场梦

在写下时，变作

一次预言

演出开始

"抛弃自由"

它们说

然后让枷锁的高墙

带来欢声笑语

你我都是脖颈

被粉刷成灰色的门

一张相似的脸

从嘴角

到下颌

细长的裂缝

裂缝后是一只灰色的眼睛

当每个海洋在潮汐时

带走被谋杀的生灵

它会看向我

我会抚摸木板下

一颗跳动的心

一只小牛的诞生

牛角刻着时间金色的谜语

灰尘,羊水,子宫的血

散落在肚脐下的脐带

闭上眼吧

然后就听不见

母亲隔着迷雾一样传来的声音

它感到此刻生活于巨大的

平静

当生命与生命载歌载舞

死亡的平静让我们无话可说

2021
08月11日

一些预言

她转身

脊背面向我

从身后翻涌过的翅膀

一样的河流

形成一个圆圈

我是她眼里的一幅书法

或仅仅

一个笔画

此刻

大地和天空呈现胶着

的形势

我看见云边缓缓蔓延的裂缝

和空隙中

倒挂的一些眼睛

突然刮起的风

我抚摸带有铁锈味的

手指

和它们藏在泥土里的锁链

青苔以一种缓慢但坚韧的方式

覆盖

从骨骼到剩余的木板

请抓紧

如果注定被落下

就请记住

我在梦中记住每一条河流的名字

然后在

天亮前的旋涡里忘记

我总疑心它在拥抱我

只是我

忘记了是以什么样的形态

在回复它

祭坛上动物的头颅

已经变成白骨的下颌

和一双昏暗的眼睛

有时会转动

有时会看向红布盖着的斗牛士

它预言我的生命结束在紫红色的天空

被丢弃的黄玫瑰上

一些褐色的褶皱

在某个混沌的边界

变成轻微的笑声

拥抱

干旱的时节

植物麻木的躯体

无法被描述

在暗处闪烁

如眼睛一样的弓箭

拥有塔罗牌的那个人

告诉我

它们是十二星座的来源

2021
08月17日

被剖开的艺术

想象巨大的生命

芭蕾舞者一样转动的身体

尾端颤抖着

发出的阵痛

海洋是它的枷锁

在呼吸的间隙

让不断流失的

温热

喂养胎儿腐烂的翅膀

青色的瞳孔正酣睡着

不断经历的追赶

奔跑中的失重

预感

流下的一些泪水

时间无法给我答案
当她面对我
枪口泛着
和眼睛一样的蓝
质问
质问我那些被抛弃的生命
被剥夺的爱

某一个失去暖气的公寓
画家血管中
发出阵阵苦杏仁的气味
床前的男人
模糊中金色的鼻梁
和
白骨样式的脚踝
男人在演奏一把小提琴
琴身上
安着画家幼年的一根手指
画家无法控制
血液中叫嚣的共鸣，就像
它无法明白杏仁的气味来自哪里
"睡吧，我的朋友。
我们都将迎来这一刻。"

我不能分辨湖水

与她的颜色

上涨的同时

时间在倒退

自然在用她的身体演奏

一种交响乐

我看见发丝在水中漂浮

变成水藻后

又接着下沉

她的毛发随皮肤一起脱离

然后是青蓝交杂的血管

然后是凝固的骨骼

她只剩

看着我的一双绿眼睛

自然

将她变作一片湖水

将生命停滞在呼吸与

窒息的交点

这是一种转化

或是一门艺术

2021
08月23日

我们终将相见

汗水浸润的边缘
被毛线刮红的后颈
人头攒动的海岸线
我总拥有这样短暂的
片段
片段随着屏幕放大
大、再大
直到玻璃破裂后雪花的碎片

我听见内心深处的恸哭
为那些幼小的生命
世界锋利的牙齿穿过它们的咽喉
也穿过我的
时间飞梭在这还鲜红的纸页
在越来越快的某一点
消失不见

它们在尽全力做的

以一个语言掩盖另一个

没有什么真正改变

语言的自由是

正是

我的短暂

在剖析中不断被看穿的焦虑

是我清楚知道

那被埋在某一处的

不可或缺的一个问号

一段结尾的注解

我将从中脱离

或燃烧于

在爱与爱人的火焰中

自由的翅膀

我

与你与世界

我们终将相见

在港口的一阵风,吹向

坚硬冰冷的平原

2021
08月28日

生命这片沼泽

想象在记忆中变得真实
太阳将落不落的光线中
被塑封的一分子
这或许是为什么
记住的每一阵风
都拥有动物的眼睛

人类在被驱逐的过程中,衍生的
不被祝福的权利
生命永远存在自然剥夺的过去
回望中
一次次变得清晰
直到模糊了你的眼睛

直到你忘记了名字
从一个人,到

一只四肢爬行的动物,再到

一个正诞生的

柔软的肉体

所以你回头

时间开始倒走,走到

自然存在于你的那一天

你看见,或触摸

金色的眼睛

你变成鲸鱼遗留的胎盘

一只羊的妊娠期

月亮湿漉漉的羊水

还未出生时母亲的阵痛

世界由此开始

转动,直到

你停止

你的触摸,并不

比你的想象来得真实

停顿一切的开端

你就能到达终点

生命这片沼泽

正因它的意义而诞生无意义

2021
09 月 05 日

朝 圣

痉挛的生命腹部中

向前疲惫地冲刺

所以当我

举起双手,不要问

不要问我

这样的牺牲为了什么

我们在夜晚朝圣

透过不断灰暗的路灯和同伴

亮而亮的眼睛

尝试看见大海对岸

那些过去的影子

我们不断寻找

直到

远方传来疯狂的大笑

和那些铁链碰撞的响声

——所以不断哭泣吧

那些被抹去的

铁丝网上别着的孩童的黄玫瑰

被海浪淹没的头骨

时间在踮着脚偷走的微笑

这些

在回忆中都毫无踪迹

迷失在

被生命堵塞的下水道口

所以不要问

不要停止寻找的脚步

不要放下手

请再让我看见

那被泪水淹没的笑容

2021
09 月 12 日

那个下午

触摸被泪水浸润的墙面
灰色粉末状藏匿的一个
又一个影子
个头刚好到你腰间
当它们环绕着起舞
当灰色的砖头破裂
露出苍白的躯干
当你看见它无法被描述的拥抱

那个下午
你尝到了美与遗忘的不幸

直到你开始怀疑一棵树
怀疑那与风声交媾的
茂密的枝丫
怀疑如少女胸脯般柔软的树皮

你希望它燃烧，或者

崩塌也好

你无法忍受它透过玻璃

传来的注视

它好像在质问

质问你该是一棵树，还是一个人

所以你将它暴露在众目睽睽之下

看见卵巢变得干涸

你抓住那不知

来源于它或你的泪水

那个下午

你发觉痛苦中

暗含的生命

生命在拥吻屠杀和清洗

植物庆祝土地颗粒无收

你手臂上长着的那一对

金色的锁链

晚上变作硕大的翅膀

在床头对着谁微笑

你没觉得有什么不对劲

在这样的荒诞中

生命是次要产出品

在那个下午

你丢弃了你的名字

然后是你的身体

你变得像河一样赤裸

和快乐

2021
09月18日

我的存在不会影响一朵花

我的存在不会影响一朵花
它永远盛开
沿着边缘授粉式地绽放
存在
像一个离去时
会让我叹息的朋友

我们赋予自然一个名义
最精细的拟人化
好像可以在其中
窥探
宇宙范围的扩大
又
缩小到楼上夫妻争吵的一句话

我们在其中

浓墨重彩的一笔

好像自己拥有，完全

爱与恨的权利

但它不会听见

它听见山谷中传来的一阵风

它甚至听不见那传来的一阵风

然后我们尝试去拥抱

任何自然的事物

一棵树，河流，即将逝去的日落

但没有回应

仿佛中间有一层

纯白色的隔阂

你去到家乡的河流哭泣

对着快要腐烂的堤岸

裸露一个孩子的躯体

当它席卷着你的泪水

你听，你听见

"放下你的感官，你的

思考

然后是姓名

然后是身体"

那不是一个声音

是一个意识

是你看到的

每一棵树

每一条河流

每一个即将逝去的日落

或是它们的结合体

你练习虚无中的虚无

直到皮肤的脱离

直到最新一层覆盖的毛发

直到那近似拥抱的风

2021
09月25日

问，然后不回答

"我想飞走了，"
她说，"是谁拉着我的手不放？"
她静悄悄地问我

一片安静中
我没有回答
用一株植物的眼睛
看她

她笑着

在风与风的间隙中
我预感
无法成为自然的命运
树在摇摆中停止
再次摇摆直到

直到我抛弃

那短暂的快乐

她知道

或许我明白

我的梦想此刻

是平和的枷锁

谁又笑着

我还是没有放开手

是不想

是不能

她再问，然后我没有回答

2021
10月01日

镜　中

我背过身
失声痛哭，为了
梦中一株被斩头的植物

那顺着叶脉微微地颤抖
风在帮它伪装
一种不被感知的痛觉

我埋葬
不成形的太阳，和
秋天发黄的脚步

直到生命从中孕育
时间在生的片刻远离
在死亡的瞬息存在

祈祷着

所有一切的崩塌

海洋自上而下

淹没

大地刚刚诞下的子女

大厦倾倒的那刻

先听见的是震颤

然后才是声响

毁灭

只有足够自然的事物

从中存活

我站立在冰面裂开的圆圈

看见你从远方的镜中走来

走来

你剪去我

像剪去喉咙中一片飞鸟的羽翼

大火让玻璃变作

柔软的眼睛

我可以从中穿过

终于

你拉住我的手

左手长着我右手的伤痕

看着我

我们不说话

2021
10月02日

美与暴烈

美与暴烈在此诞生

丑陋与卑劣

越美,越丑陋,越卑劣

就越暴烈

直到毁灭身着金色的长袍

现身

一只飞鸟宿命般地凋落

正如你我

被美宿命般地

拥吻

剥夺

在凝望中

不断突破,又

进入

下一个白色的屏障

钥匙是泪水

是感动着的战栗

是另一条锁链

美必须化身于毁灭

如天空中降下的一把火

沿着世界的海岸线燃烧出

褐色的半朵云

美必须丧失于毁灭

不幸的延续

必须将红肿的伤口

暴露于命运金色的眼泪中去

于此

拥有反击的机会

然后暴烈登场

击穿时代的爪牙

掀开时间的面具

将生命的婴儿于泥潭中托举

由此

美得以存活

复苏

再次拥有

绽放的权利

美必须死在暴烈的手下
必须由它亲手
用纯白色的瞳孔
映射"暴烈"本身于"美"的含义

是,
"痛苦"

2021
10月09日

疑　问

我赤裸地写作

正如我赤裸地生活

我回归

正如我从未离开

镜子端详我

看见一双凋落的羽翼

撕裂的伤口中青紫色的印记

有少时梦里

青苔燃烧的味道

它颤动

然后我颤动

它嘶吼

然后我沉默

我开始幻想它的死去

我向前走

正如我撤退

我开口说话

正如我思索

你不断询问

我不断回避

在清醒与梦境的同一刻

不断寻找

开始与结束

直到它们各自吞没对方

寒冷

让我颤抖

但不会哭泣

是风在践踏我时

还不忘抚摸

我对北方隐秘的爱恋

你的疑问

我还是没有解答

你扭动你的身躯

抬头

我以一个动物的身份与你

白色的眼睛相遇

我的过往

它们有不同的面孔，身份，性别

但都在此刻

与你相见

你的疑问

我也还是没有解答

但我知道我无法解答

正如你并不需要答案

2021
10月13日

纯粹的声音

你有雾气弥漫的一张脸
灰色雕刻出的双颊
在雨天变成
树叶一样的绿
像有些模糊的话
在洗刷中变得清晰

你弯曲
轻飘飘如柔软的秋叶
你遗漏了什么

奔跑
气喘吁吁中
装作看不见
暗处闪闪发亮的星星
想象如一双眼睛

在即将到来的海岸线,颤动

晶莹的身体

然后你背过头

亲吻

母牛白色的皮肤

粗糙的沟壑中

你流下眼泪

为它生育时发酸的脊背

你发觉

一切,没有声音

雨水,眼泪,阵痛的短暂停留

一切没有声音

寂静

你回归人类最本质的命运

在怀疑中消亡

在哭泣中沉默

但不会

拥有痛苦

因为我们不会记得

你在啼哭的第一刻

就拥有罪孽般的快乐

往后不断地回述

直到你在聆听中遗忘

直到你

不再记得

你此刻，没有声音

2021
10月16日

火 灾

它们与我都身处迷雾
向前的一步
被白色笼罩住动物的灵魂
是一种无机质的平静
我可以观看
却不能拥有

割开女人肿胀的咽喉
向外翻动时
涌动的红
发出小鸟般细碎的哭泣
她目不转睛
她为什么没留住呢?

疑问滋生枝丫的生长
顺着灰色的墙面

燃烧一种不会表达的语言
入侵时我的海面上
颤动,颤动,
掀起纯白色的火灾

我们拥有纯粹
然后拥有生与死
我们拥有灵魂
然后会爱

在玻璃中
被禁锢的你
透过被焚烧后留下的一切
远远眺望着结局
火灾是你的眼睛
烟雾是我的

在不断上升枝丫般的火舌
我看见困境被震碎
随之我掉入另一个困境

你笑着看我
"明明知道的,
为什么不施以援手呢?
我的痛苦是你没说完的话吗"
我问

"你不是已经知晓了吗?"
你的笑是火灾一样的残忍

压抑在舌根下的话最终变成一种哽咽
或一次火灾

2021
10月23日

燃烧的海

想象中我变作巨大的事物

风划过湖面时

泄漏的震颤

羽翼的扇动掀起一次符号

预示着

某次屠杀的到来

燃烧,但没有火焰

透过乳胶一样的身体

我凝视着沉默的暴虐

"滴答,滴答"

宛若芭蕾舞者脚尖

一样的热浪

它吞噬一切平衡

摧毁一切秩序

为了拥抱我

在不断逼近的宿命面前

撤步

回头，只有更痛苦

在摇摇欲坠的世界面前

做摇摇欲坠的梦

我充满疑问

但从不开口

在遗忘中存在，在沉默中

不断回答

我摇摇头

我不需要

每说过的一句话，我的朋友

我就离你更远些

请欢笑，轻吻，拥抱我

但不要理解

想象中我变作巨大的事物

为了我的更渺小，也想飞翔

永远坚固而不思考的存在

我已经失去了

为了远方的月亮

我从体内燃烧出一片海

2021
10月24日

你将永远拥有

"请松开我的手"
我看见你眼底的疑惑
当仿若死亡一样的平静笼罩我
我是麦田,风,一条河流
是所有无法靠近的眼睛
你从不询问它们

我知道远方有城市在燃烧
那被烟雾缭绕的土地不是
我的归所
也奢望拥有灰色生灵的笑容
它用无知来拥抱我
用平静来填满我

如此坚定的步伐
你朝着虚无走去的片刻

肩膀在微微地倾斜

正如我肋间微微地颤动

以牺牲为代价

大地终于赋予我的

被秋叶掩埋的湿润的爱

不断前进吧

你将到达彼岸

不要回头

我将用泪水洗尽

你双手的血污

不要回头

我将无法在你的眼里看见我的影子

哽咽

不是痛苦，而为了平静与快乐

我拥有，我失去过

我即将再次拥有

我即将再次失去

你变作我梦里的

麦田，风，一条河流

所有永远不会离去的眼睛

2021
10月28日

秋　日

坠落，像被握住的一片
秋叶
如此尖锐而又脆弱的脉络
你真的想触摸吗？

秋天焚烧一切
烧掉形容词，副词
然后是名词
烧掉一切存在的意义
我们
融化成的一摊
闪着阳光的棕色
黏稠，静止，沉默
甚至不沉默

纵身一跃

蒙住我的眼睛

失去眼睛，我用痛苦

亲吻深秋

这样轻地走了，秋天

就像有些话来时毫无踪迹

再轻，再轻，

无法突破重围

那总会引起幻觉的光

追逐着在眼前死去

眼睑下遗留的白色痕迹

再轻，再轻，

无法突破重围

原因是我甘愿困住

我体内也有这样的秋天啊

我总唤它再留一留

2021
11月02日

空

双臂是因垂死
而徐徐坠落的鸟儿
在身躯划破天空的刹那
我抓住
许久未见的麦浪

飞去吧
坠落中你张开手
我在沉默中落入掌心
像一个被划去的文字

永远不会枯萎的树木
今天枯萎了
永远不会怀疑的事物
今天怀疑了
哭泣,因为曾那样相信

痛苦不一定是平静的本质
却一定是
它的表象
所以无数次梦中的分离
还要继续分离下去

唯一区别的是
不确定是否会再次相遇

我们观看平静逐渐远离
轻，轻到我听不见声音
在祈祷中
泪水淹没我们的双膝
生命被分割，沿着虚线撕扯
变成一个被停止的海浪
不再拥有翻动的机会
时间的触摸一起停止了
不再拥有介入的权利
终于
我们观看
平静的来临
还是那样轻
轻到那已经近在咫尺的微笑

从前

无法理解的话

今天明白了

原来一切都只是美好的祝愿

太重了

虚空中你我绿草如茵

我闭上眼

我也想相信

2021
11月07日

刺

我不惧怕被伤害

我惧怕被看见

肉体与意识中

同样决绝的两种

不同的声音

只有不被看见

才真正存在

于是我隐身

坠入旋涡前

抛弃掉生、死与爱

变成蒙住了眼睛的大海

你听见海浪

听见海浪下隐藏的两个影子

它们拥有相同的回声

这不很美丽吗?
永远坚固而不思考
如野火燎过的原野
余留暗黑色沟壑中的麦子
连颤抖都觉得疲倦了

这不很美丽吗?
我正爱上这样的痛苦
爱上纯粹的
大海本身

像是亲手文在生灵的背后
飞鸟样式的刺青
血液与颜料的混合中
发觉眼泪暗含的美

原来我一直寻找的
是声音的溶解与不出现

原来我一直追寻的
是被刺破的片刻

2021
11月08日

书　写

我可以这样讲
飞鸟穿过提琴
轻又轻的树叶落下
或是爱人耳语的一句话
但我不能
在此刻,我无法使用这些

我写下的是怀疑的
文字
是"巧言令色"的文字
这我很清楚
但这样的虚假中
痛苦是真实的
内心流下的泪水是
真实的
撕破自己后的平静是真实的

无法开着灯讲出的话是真实的

但原谅我,此刻
我甚至无法讴歌
无法再为你作出名为
"希望"的诗歌

是因为闪着光的某一个平凡的四月
痛苦与我死去的作者
真真切切地融为一体了

这样说是很无耻的
但请让我承担吧,哪怕
只有一秒钟
为了你透过病院栏杆投射的黑色阴影
是不是也想过快乐

我是我的文字
我也是巧言令色的
淅淅沥沥的泪
淅淅沥沥或垂直掉落的痛苦
为这些
我是巧言令色的

我终于明白你的话

"不是一切都是选择"

为了你的死
我仍将巧言令色
我的文字
不仅为我自己,更为千千万万个
这样的你活着

2021
11月11日

静默被写在一场雪里

这样大的雪
女孩的鞋袜都被浸湿了
顺着脚尖翻转的鞋跟
"滴答,滴答。"
又下了一场雨吗

"最后一片落叶落在哪里呢?"

她这样想着
顺着哪一片裙摆
又翻转到了哪里呢?
去猜吧
猜测埋藏在雪里
那些湿漉漉的眼睛

月光都显得温暖了

女孩喃喃地笑着

泪水深深地坠入雪里

随之坠落的

还有被凝结为时间的

静默

被写在一场雪里

静默被写在一场雪里

簌簌坠落

坠落在女孩微微颤抖的肩膀

雪这样来

冬天这样过去

2021
11月17日

来迟的信

空荡荡的身体里

摇摆的双臂

扬起,一次又一次

空荡荡的雪

她这样哭泣

为更远的山

为山脚埋葬的爱人

泪水中

扬起空荡荡的雪

灯光下有书写的痕迹

纯白色顺着左耳到右耳

切割时的痛苦

她并不颤抖

"痛吗？"

你没有忍心问出口

她就这样坐在窗边

燃烧

远方送来的信

信的扉页有相同的一个名字

信的背面是无法回头的归所

窗外

扬起空荡荡的雪

你看，你看她

走进一片雪

走向一次

落满山头的记忆

她走得不快

或很缓慢

像一封不再开口的信

她走得很缓慢

身上落满了

空荡荡的雪

窗沿上

一封信悄悄才来

2021
11月23日

光一样的停顿

那样纤细的眼睛
顺着门缝悄悄地滑过去
没有回头
像是看一看就要落泪了

她放走一只飞鸟
羽翼沿着脸侧边
细细地蹭过
飞得这样高
飞得这样远
风都被席卷走了

奔跑
她静悄悄地奔跑
船静悄悄地驶过
身后
小河静悄悄地呼吸着

"跑向哪里去呢？"
她发不出声音
她答不上来

一切问题都轻飘飘地落下
比一场雪要重
比一场雪要轻
但没有一场雪
来得毫无预兆

她删删减减
把自己刷得雪白
伪装成月光下的
一株芦苇
用纤毛和弯曲的枝干判断
风的走向

跺跺脚
跳
从一阵风跳入
另一阵
在光一样的停顿中发觉
风真正的语言

她还是落下了泪
奔跑还是没有结尾

2021
11月25日

走去一座山

"这样的冷,
足够杀死我吧。"
她这样笑着
脚步并没有停下
浸润的衣服
不知道是雪还是汗水
变成第二层皮肤

风
刮进去
又抽出来
肺部隐隐地作痛
是被揉碎的
云彩氤氲的颤抖

远方有山

她说

不是看见，而是听见的

风在哭泣着

她说

不是听见，而是触摸到的

这样过了多久

身后的灯已经看不见了

2021
12 月 03 日

双 重

这些是疑问的日子

蓝色的、凌乱的步伐变成碎片

俯下身的同时

哐当坠下去

她静静坐着

窗外是被阴霾遮住的城市

她脸上掠过

求生者和求死者的面孔

不断交叉着更换

在飞速的变更中

顺着眉骨的一条细细的

裂缝

我顺着裂缝

侧身溜进去

就坐在她的眉峰处

眼睑处红肿的黏膜
她不眨眼
她都不颤抖
头颅平铺在一处洁白的纸页
像一头
待宰却温驯的动物

而我是
一支哑了火的猎枪
匆匆地扣下扳机
匆匆地哭，匆匆地离去
快得
等不到血液浸润纸面

我惊呼
原来我比她更像动物
原来她比我更像猎枪

我们在某一个下午又重逢
她张开嘴，牙齿轻轻地碰撞
刹那，又轻轻地合上
我预感
有什么秘密无端被泄露了
但我没有听清
我从来听不清

永久且持久的混乱

来源于

她的安稳和我的失落

都同属一种平静

她笑

她是我永远洁白的暗语

但我从来听不清

2021
12月18日

一次渴望已久的飞行

我闭上眼

才真正看见

那些羽翼上闪耀的光

这不是一种拒绝,而是我

穿过了它们

是那些滞留的句子与日子

转化成我透明的胎盘

诞生,一个坚韧的状态

是太阳偏爱的一种

永恒的屠杀

那用生命穿成的一条虚线

切开后喷涌而出的

高飞的鸟儿

才是生命真正的意义

我只能歌颂

我无法拥有的事物

它们伏低着身体

随着垂下头的麦秸

飘向远,远,更远的地方

那是一次飞行

它们知道

世界上有比它们更精巧

却没有比它们更自由的舞者

因为这舞蹈

不是一种动作

而是一阵风

在获得答案后

我明白我的疑问

是有关一次飞行的渴求

不断地诞生于消亡

太阳金灿灿的羚角

化成有着黄色眼睛的母羊

它隔在我和死亡之间

你可以看作是一种惩罚

也可以看作是爱

爱带给我的

我即将拥抱的

那片光明

我在那里消失殆尽

2021
12月25日

一篇没有时间的日记

复活是一片沙丘

鹰倒着飞走

女人伏低暗黄的脊背

悄悄靠近

沙漠中心的一个

小小的婴儿

那是遗忘与被遗忘的孩子

它有白色的双眼

和黑色的笑容

一段被悬挂在衣橱里的时间

远方弥漫的洁白香气

随着风散开

你露出笑容

像笼中的鸟儿

嗅到了自由的烟雾

我收回我的诅咒

用欢笑拥抱罪恶和毁灭

用洁白的臂膀

变作黑色的母亲

在每一个新诞生的肚脐上

开出小小的,一朵微黄的花

沉寂了这么久

粉尘一般的记忆

你还给了我

你重归于沙丘的腹地

我重归于

你身体般单薄的日子

2021
12月31日

敬献,我未谋面的朋友

被笼罩的第一步
腾飞中
身体化作亮晶晶的眼泪
粗短的笔尖悬挂了
诗人长长的脊骨

拥有一双真正看见的眼睛
时间凌迟的痛感
才开始蔓延
像是没有爱
又像是
有的太多
你笑话我,原来只是怯懦

下坠的人怎么渴望飞翔
怎么抓住稻草般的手臂

还相信那一份轻盈的力
放开和断裂,哪一个更好些?
无限接近于答案
我距离它,不断遥远

你,我,她们
锁紧的脊背没有分别
沿着痛苦行走的日子没有分别
不敢说出口的话没有分别

在一片落叶的低声哭泣中
我遇见
时代的结束
尽管它还未开始

敬献,我未谋面的朋友
飞翔,如果抓不住我
不要停留

2022
01 月 09 日

草 原

卧在摇曳中

我感到疲累

不是眼睛与眼睛

对视时的疲累

而是一片宁静中

我得到的太多,能给的太少

抽枝,变成躯干

向外延伸的灰色枝丫

终其一生抹去边界

直到它与它的手臂

变成"生"与"死"的两片树叶

我放开一只飞鸟

它短缩的羽毛,比我伟大

我计入所有高楼大厦

它们的总和,仍比我渺小

我的眼睛在此处
耳朵在别处
姓名在此处
身体在别处
我与爱在一处
飞翔在别处

稚嫩,稚嫩地呼喊!
破碎的声音带走
稚嫩的生命
她变成一片草原的湖水
我带着一首诗
徒劳,装不走

2022
01月20日

神与使徒

它走的那天,有那么大的雾
白色如蛛丝般缠绕着
打湿我的眼睛,
睫毛,与声道
一片白色的海洋
我顿住
我没有开口

它到来,于是
没有姓名的花朵
在黑夜中徐徐上升
变成闪闪发亮的某一颗
星星
我提出疑问
它微笑,却不回答
我突然明白语言中的失措

它依旧向前走，海越靠越近
我依然跟随
依然地，没有方向
在三次海浪中会有一个生命的诞生
那时它会有一次跳跃
在三次鸟鸣中会有一个生命的离去
那时它会有一个微笑

而我不跳跃，不微笑，不疑问
跟随，这是我的命运
它的步伐，代替我的眼睛

"雾气会散尽吗？"
它从不开口，但我知道
它正疑惑
"大海从不行走"
我回答
它微笑，鸟儿没有啼叫

2022
01 月 22 日

流 动

鸟儿振一振翅

飘，飘向

老人枯木一样的双手

独坐的灰色，生命消弭的日子

鸟儿一脚站在它的逗号

一脚站在它的句号

微红的喙啄着它的声音

振一振翅

太阳落下，它飞走

不断在嘈杂的声音中辨别

生命真正的和弦

甚至，一场共振

她站在还未被暖热的海水中

拥有翻涌

和翻涌前的休止符

"流动的是海水,还是我呢?"
多久,水渐渐消失了
她才明白
流动的原来是疑惑吗?

日子,沉重着缠绕的词
是贝壳上的螺旋吧
红色玛瑙式的纹路
是一双眼睛
是一双眼睛下,隐含的另一双眼睛

记录,轻舔
书籍颤抖的脊背
察觉不到的音乐中
找到作曲出生的那一刻
那前奏太相似于结尾
你可以称作一次离去

老人颤巍巍地站起
"高飞!高飞!"

2022
01 月 25 日

我们何时会面

沉默,沉默是低垂下的头
默哀那令人沮丧的友谊
沮丧,用什么代替这个词
那不是谁转身离去
是甚至,某一瞬间未曾开始
于是我们只好举杯
致敬那缠住的舌头,酡红的脸颊
未说出口的话,和说出了的

我的朋友,老师
我们何时会面?

何时会面,在将来的将来
你会嗤笑的
梦幻中的梦幻
我怎么描述我的脸?

我甚至不知道你是否见过黑色的海面

生命不趁夜离去
它正大光明地遗失在白天
我还有多少余留？你还有多少余留？
我的朋友，老师
我们何时会面？

我没有你的雕像，但我知道
你衣袖残留的墨迹
你眼中熠熠生辉的烛火
燃烧，拿你的生命做引子
沉寂的消亡和爆裂的痛楚
没什么不一样

万望珍重
我的朋友，老师
等我牵起你的手，越过肩膀
看见远方的渔船
问出口吧
"我们何时会面？"

2022
01月30日

麦田里的一柄小刀

躲藏,雨水已经打湿我的脚掌
我们何处躲藏
树枝哭喊,要做刀
做剑鞘
我垂着泪拭去它树叶的斑斑锈迹
它已衰老,我正年轻
我何时衰老

避而不谈,每一个人生下
先学会做哑巴
书写的能力被压制,剥夺
时间是功臣,亦是敌手
躲藏,我仍谨记朋友的告诫
在默不作声中站立
看时间夺取文字的头颅

我流泪，我哭喊啊
听不见
大声！大声！大声！
怒吼中只剩嘶哑
我听见什么
牙齿战栗的"咯咯"声
变成我的判词

我们的世界收回我们的眼睛
我们回归大地贫瘠的乳房
怀抱，一颗麦子的摇摆
生长，衰落，死去
我们突然明白
时间，就是一颗麦子
生长，就是生命

躲藏，浩浩荡荡的黄土地
没有躲藏的地方
只有在等待下一次衰落中
不断生长

2022
02月09日

记录者

我淡紫色的血液,蜷缩着
颤抖、颤抖,我的图腾
是一条半圆的缰绳
我呼啸着的北风,我最像
故乡的模样
我爱你,就不能停留
停留,就无法爱你
这两者不能并存

于是我们慢慢睡去
梦中,变形成一只小小的兽
温暖,沉默,毫无知觉
永远健康,永远存在
但不用快乐

不要再拒绝开口

挥舞的日子和挥舞的手
朋友，我看见你沮丧的眼睛
不要害怕污浊
你的清白正藏在它的子宫里

世界
一个巨大的鼓风机
吹动的声音、牙齿、碎屑
"没有！没有！"谁捂住你的眼睛
但你看见吹动的声音、牙齿、碎屑

我被打断了
但还有许多正在进行
害怕
正是那些许多
你以为的幻想，却是一次记录

2022
02 月 14 日

记一次梦

沿着水平线分割的野兽
露出,洁白的耻骨
和温暖、肥沃,而泛红的小腹
尖厉地呼喊着
钝而钝的我
忽地落下泪来

在一次翻身时
拍打,泛出白色沫子的海面
这时,夕阳还没升起
日出还没落下
年轻的女人站在年轻的海
消瘦的手臂是一首诗的长短
她的平静来自她的衰落
连死亡都不舍得伤害

匆匆地按下暂停
锐利的牌面划伤我的手指
未尽的太阳与未到的宴席
原是一次选择
预言，却让我预先知道
明白此刻，我站在刀背
凝视两边洁白的锋利
闪耀着

梦的结尾，女人没有看见我
我没有离开

2022
02月22日

圣 子

我想抚摸它消瘦的脊背
止住
残叶般颤抖的哭泣

我那如雪花般悄悄离去的人
留下，蜿蜒的一条湿润
是蜗牛负重时
挤压而渗出的泪水

你仍然记得，母亲怀孕时
引发的阵痛
是你最原始的心脏的擂鼓
隔着青紫色肿胀的肚皮
侧面，缓缓流出的一声叹息
你以为那是开始
你以为那叫生命

直到你看见雨水渗入树叶

脉络变得清晰

赤裸的绿，赤裸的红，赤裸的紫

你开始明白

那原来仅仅是

一次怨悔的叹息

你，最像姓名的姓名

大地的孩子

在一次羔羊被按在牢中宰杀时

流出那

赤裸的绿，赤裸的红，赤裸的紫

在蜡烛熄灭的第五支与第九支

你会想起你的母亲与父亲

我会弯下那已垂败的腰

抚摸你的消瘦的脊背

止住

残叶般颤抖的哭泣

2022
02月26日

伤痛与生灵

我们怎么抓住

低垂着飞行的双翼

生命顺着羽毛的缝隙,悄悄

溜过去

停止敲响死亡的头骨吧,我的朋友

别让母亲的眼泪

盛满那咚咚作响的空隙

我揭开绛紫色的绸缎

看见掩盖的青紫色的伤疤

你那颤抖的身体

比世上最瘦小的动物

更纤细

世界在等待你睁开眼睛

污泥中你看见

身后尚未枯萎的亡灵

那和你相同的瘦弱的手臂

它擦去你梦中的眼泪

用缓缓流去的鲜血,清洗

你青紫的痕迹

它在午夜悄悄闪耀

你看到,水面浮出的答案

停止锁住那脆弱的鸟儿吧,我的朋友

别让父亲的手掌

沉默地颤抖下去

我们抓不住那飞翔的羽翼

在一个阳光闪烁的日子

我们放它归去

2022
03 月 04 日

冬　葬

我们垂下手

伫立，白桦林的中心

风卷起一阵旋涡，然后卷走

那将败不败的落叶

你走近些，看见远处

燃烧的大火

你用它点燃你的朋友

然后用灰烬

祭奠它们

我们奔跑，我们减缓，我们沉默

像银器上斑驳的划痕

在圆形戒圈中停止哭泣

等待黑灰色的土地

解冻它的柔软

我们许愿离开，降落

所有逃脱的同义词

借用别人的眼睛

于是拥有，熟悉的脸

陌生的姓名

缄默，在等待焚烧的途中

我们永久缄默

世界在死去中流下结晶的泪

融化黑灰色的冻土

变成下一个春天

而此刻，我们永久缄默

好像死亡从不在我们身边

2022
03月05日

短暂的遗忘

金色的雪伪装成雪
在被剥夺生命前先剥夺自己
于是，时间流动像颜色与衰败的混合体
像某一次忘掉的诗句

朋友，我们走得太慢
平原拖住了我们的眼睛
烂醉的蛆虫爬上我们的躯体
乳白色的黏液，我们像
一个栩栩如生的树木

我们阅读雪，阅读颜色，阅读朋友
拍摄的恍惚间
明白，原来感动是一次遗憾
遗憾是一次忘记
记忆的准则识别记忆

我们忘掉雪，忘掉颜色，忘掉朋友
拍摄的恍惚间
忘掉金色的怪东西

不见面，我们没有话要说
一具空壳和一具空壳的
问好，握手，告别
我们远离
在某一次炮火中贴近一些

我听闻你家乡的消息
你哭泣的味道像咸涩
但坚硬的水晶
我听闻你杜绝快乐，厌恶睡眠
但如果我们能见面
我们，必须见面
你愿不愿意收下一些，天使羽翼
簌簌掉落的
金色的雪

我期待你的味道，朋友
你闻起来像湖面

2022
03 月 10 日

野兽与树木

你有一双野兽的眼睛
用来流泪，和亲吻
爱人层层蜕变的皮肤
用褶皱的眉骨擦去吧
一只鸟梦中所有的错误

相遇，在即将离去的黎明
会合时我们认出彼此
却在接下来的篝火中假装
沉默下去
火焰燃烧的第一次声响
我们没有出声
第二次声响，我们握住对方
你野兽的眼睛开始落泪
我树木的肌肤随之脱落

于是,在往后的日子里
话语变成落叶一样的存在,我们
变成秋天
在摇摇晃晃中躲避
即将败落的秋叶
于是,在往后的日子里
我们继续沉默下去

一次行走时你注意
不会摇曳的光
和它近似于我的皮肤
近似于我的那一双,不会颤抖
永久安稳的双手
抚摸这永久的母亲的安慰吧
我的皮肤变成床铺,让你野兽的
灵魂永久地沉睡下去
在梦中,变成一只鸟所有的错误

2022
03月13日

洛丽塔

你厌恶的苍白即将老去
被腐蚀的大理石雕像流出
腥甜的血液
在即将触碰地面的一刻,变成
一捧干涸的沙土
衰老,你如此恐惧,炭黑的
斑点的产生

在拥抱中,你逐渐消弭
只见抓不住的躯体
像故乡的煞白烟雾
飘似的顺着双臂枯萎下去
那一头银发,你梦中人
不断追逐的姿态
你明白你不应该
亲吻,然后伤害它

自它左侧肋骨下横穿过的一支箭
枯萎的褶皱流出,颤抖着温热的沙土
哦,年老的圣塞巴斯蒂安
你怀疑美是否离开
还是只有在脆弱时
才卑劣地钻出你失去爱抚的腹部

羞涩,酡红醉酒式的脸颊
是细长枯木般的双手的对立
它跪地,一场没有阳光的奉献
将即将衰老的时间
献祭,你这残酷的身体
因为美,诱惑,卑鄙的年轻
道林格雷的死不悔改

仍旧的离开,分割,它死一样的心痛
顺着车窗不断找寻的眼
你抓住,一如初见的苍白
无力,然后默默地垂下
你突然明白
美不离开,它共生,直到
时间将它夺走
那一头银发,你梦中人
仍旧脆弱如小鸟的姿态

污浊、隐晦、草丛里的梦
苍白即将老去,美的诱惑重又回来

2022
03 月 15 日

焚毁日

我们在疾驰中抓住各自的手
在湿漉漉的脊背中推断
声音的产生
我们闭上眼,将今夜沿着光影
剪开吧,献给尚未远走的那些

你在写信吗?
我们坐在长廊,做着互相
传递信件的蠢事情
我把你推走,推向地板的
木纹,教堂彩色的玻璃
然后收下你的信

怎么忍着痛挖去,足够美丽的事情
你号啕大哭,任由身体
脆弱地生长下去

我颤抖的人,你灰雾色的眼睛让我害怕

你腐烂水果般的柔软让我害怕

你的真实让我害怕

或许接触美的痛苦,不亚于杀死它

我们抛弃双手双脚,语言

和所有不属于我们的事物

去换得一次廉价的伤害

和一次可以被拍卖的痛苦

穿上纯洁的衣服

你掩盖你衰老的腐蚀

我掩盖我青春的腥臭

让美的真实存留在生命的坟墓

让我们把虚幻留给自己

"你记得我的名字"

你的信件开头这样写

我抓住你,抓住椅背的

褶皱,天使雕塑的白色淋过雨

我烧掉你的信

2022
03月17日

无法告别的告别信

我在此写下这一篇

我要离你远去了,我亲爱的

持久缝合的双手注定拥有

分离的皮肤

这是你会告诉我的

是你棕色的睫毛,秋叶似的灰色的泪水

蒙住了我的眼睛

让我将永恒的爱,错认成了友谊

你说话,但从来不露面

你拥有表情,情感,所有属于

我的气息

但你不拥有一张脸

这就是为什么我从来,认不出

自己的那一张

你的冷漠没有帮助我，就像你的沉默
但这不是一次怪罪
而是，一次告别
我要离你远去了，我亲爱的
友谊之手永远无法改变我
是初冬不断摇摆
但永远无法相撞的，两棵白杨树

你会不会找到我？找到，
然后割去，我浅浅的泪
划出一次深又深的笑容
我们或许可以有许多次的
遇见，摆手，问好
但只能有一次离别

我必须要松开你的手，剪开
全凭我一人缝制的丝线
我触摸不到你，所以只能朝
自己一次又一次，文得更深
这是一次惩罚吗？我们不开口
却在心中质问，神秘的声音和它的孩子
这是一次惩罚吗？

我还是会听见你，浅浅的笑
"我们永远无法放开对方"
我在此写下这一篇，然后
抱得你更深

2022
03 月 30 日

女孩呀

我们悄悄踮起脚尖,抚摸
双方在凝视中逐渐抽离的一条白色银线
抚摸,女孩困倦的双眼
用睫毛拦下闪闪发亮的夜晚
用消瘦的双肩抵住白天

你拾起少许磨损的照相机
拍下她蜷缩着沉睡的姿势
在宽幅下,瘦小得像一个
还未出生的孩子
被四四方方的床铺困着
你用镜头悄悄擦过她的脸
额头,鼻尖,然后是下巴
嘴唇

你透过窗户看见自己

自己斑驳的脸，磨损的指甲
被她柔弱的怀抱绕住

睡吧，天还没亮哪
日子还没走过去，时间被我们
随手抓下
太阳于是停止升起，日出被按在
她轻轻的手掌下
你等到她抓住你散落的衣角
搂住，然后亲吻，你沉默的灰色

你放下完成的照片，放进女孩
褶皱的枕头下
然后，拍拍她的肩
睡吧，天还没亮哪

2022
04 月 15 日

永久的沉默与愧疚

我抚摸你的头发,朋友
你在遗忘而我仍在
拥有
你在巨大的痛苦中模糊
我的眼睛,嘴唇,爱
我在站立中明白,你的
泪水和膝盖
失落的过去已经过去
你问我,为何不敢
在你消瘦的脊梁下
咏唱未来的挽歌
朋友,我宁愿你不明白

朋友,我的朋友,我致歉
为我所有的恶劣
你在遗忘而我仍有

记忆
为了看见过去怎么悄声
坐在你身边
钳住,你嘶哑的咽喉

我不敢开口,此刻
有声音是一种罪恶
而我们已经拥有,千千万个
我愿用那些,去换
你一刻的自由

朋友,许愿,我要剖开
你脆弱的心脏
在靠近肋骨的地方,放上
一个钉子
捉住,你所有的恨和愤怒
那时,你会不会记起
初次见我的样子

原来明白,它尝试教会我的
悲伤,就是悲伤本身
死亡就是,死亡本身

而你
我想我的此刻
够不够换,你的新生

2022
05月01日

黑土地与黄色河

怎样区别友邻的食指
同那注定凋落的花朵
相似的气味,样貌,温度
相似的月牙形伤痕
你悄悄垂下眼,为这
不够庄重的痛苦发言

沉默,为早春开耕过的
黑色土壤
为它,不够动人的哭声
你发现它贫瘠的乳房和子宫
发现它蔓延开来的
河流与鲜血

漂流,你为着漂流而放弃一切
离开时,将不够完美的名字

送给早早离世的孩子
等待母亲们疲惫的爱浇灌
尚未成长的躯骸

你抛弃掉，近乎一切
当浑身赤裸时，只留下
黑色的头发和泛黄的河
不够延绵和娇美的诗歌
余留，她走时泪水斑驳的道歉
留下的，近乎一切

我明白你的近乎一切
明白你饱受折磨的关节和睡眠
明白你溺毙时眨过的每一次眼

我们在不够灿烂的阳光下会面
清洗过黑色的土地
用混浊的河流送别
它们的远去，送别
所有再见

2022
05 月 22 日

如果这让你快乐

写就真实的诗歌
不够真实,还有我羞涩的影子
悄悄将发丝夹入
一个灿烂笑着的脸
你不会知道它悲伤的命运

一笔,我的肩膀出现
黑色的手印
不够痛苦和不够快乐的朋友们
夹在
不够痛苦和不够快乐之间

我悄悄要走,你站在门外
没来得及敲响
什么时候我们的脚步
变得这样轻

什么时候我们才学会
离去不需道别

惊诧，你比此刻的惊诧
更像一个动作
放低你的声音吧，朋友
放下你的悲哀与怒火
露出一个残破后又重新残破的心
那更能打动我

我们永恒的命运
你看清了吗？
是爱和美的存在
让你杀戮时，更像一个动物

是自由的错误，和它投入水潭的啪啪作响
让你变成一个残废的鸟儿

拥住我的手，我能
给你的安慰只有这么多
等到忧郁的蛆虫爬上你的身体
拿走我所有的诗歌
和它连带一个羞涩的我
如果这让你快乐

如果这让你快乐

2022
06月05日

白色的野牛

你在窗边书写,书写
牛一样痛苦地耕耘
风的雷电,雨的雷电
在会面时总会笑一笑
笑一笑吧,麦芽的孩子

有什么悄悄生长
像一个父母转过了身
惊觉,孩子第一次的步行
你加紧落笔,直到它
硕大的叶子盖住你的眼睛

你在离去时,承诺了的
一片河流归来
在春天落种时记起
在冬天收获时忘记

盘旋在河流上方的秃鹰
时时俯身查看它死亡的印记

可惜它只有腐烂
并不死去
环绕，像一个黑色的胎记

黑色的眼睛，言语，嘴唇
黑色的翅膀，你飞
飞啊，飞不出一片摇摆的麦子
和它喃喃低语的土地

用一次凋零，换来
一次枯萎
用无数次的泪水
换它沉沉地睡去
一个河流的睡眠
一个孩子的睡眠
仿佛永无停歇的鼾声，那
悄悄绽开的微笑

白色的野牛，你啊
撒开蹄子奔跑
跑出黑色的水域，跑入
它湿润的泥泞

2022
06月20日

心

你遮掩，不能开口的恸哭
和我无法回复的困倦
遮掩，那个孩子的
出生，成长，远走
和鸟一样低垂地死亡

失去的回忆里，突然响彻的
人声
教你如何流泪
教你如何闭眼
教你在无数次的重复中
悄悄抛去的半颗牙齿
和它贝壳一样光滑的截面

我的枷锁啊，我放你自由
我放你走

像一阵史前的风,离开
带走我童年一样缺失的诗歌

留下你,留下我的真诚
我的此刻
留下我曾预言的第三句重逢
那尚未被发觉的机会

于是你可以带走这一个
我不敢写下的羞涩
和未流出已凝固的泪水

于是你可以带走这一个
我永远无法明白的疑问
与它对我沉默的困惑

剖开啊,看一看
它如何伤害你,伤害我

2022
07 月 08 日

爱人的语言

我寻觅的,爱的渴求
热潮中永远停留的困倦
是你洁白的脊骨,弓起
一个疤痕的转变
于是我明白,我了解
生命如何顺着那弯曲
悄悄滑向末端

我们遮掩,用两片瞳孔
闪耀着无机质,永恒地逝去
回去吧,回去,未曾降雨的时节
那干涸的大地,干涸
如你一颗跳动的心

时代与它遗留的孩子
一个个,绯红的化石

灰褐色血一样的生命
是你吧,某个脱离的鸟儿
我认出那固执的眼睛,我曾
抚摸的,脆弱的脖颈

哪一个更可爱,一只小兽的嘶喊
一个女孩,腹部的阵痛
生命如何诞生
鲜血如何蔓延

哪一个更可爱,
眼睛与眼睛的停止共鸣
将剩下未完成的话
转述给已经遗失的语言

爱人的语言,那是
爱人的语言
我们在其中真诚地扮演一切
她如何欢笑,惊呼
如何轻吻然后悲痛

如何轻吻然后悲痛
请你听见

2022
07月22日

果　核

你闭眼，你知道那不是你的话

果核残余的外表

比你的语言更深刻

沉默更沉默

一个孩子，你伪装成

一个久病的蜷缩

在日复一日的气喘中，变得

更接近一个动词

你长啊长，直到

青色的血管长成红色

直到，十指长成一团混浊的乳白

直到你的母亲将你误认为橘皮上枯萎的经脉

你才止住，你的抽泣

你下笔前的怯懦

和你那不曾表露过

反复遗忘的梦

你缓缓剥开果核

看见内里光滑的灰色

像你曾凝视的

千万面孔中的哪一个

如今怀疑了

你曾如此相信的

如今消弭了

你曾如此渴望的

立起一个坚硬的果核

和它连带的柔软的内里

"这就是我想说的"

你说